दरिया दरिया बूँद

महेश चन्द्र

दरिया दरिया बूँद

कविता संग्रह

महेश चन्द्र

अंजुमन प्रकाशन

Title : 'Dariya Dariya Boond'
Author : Mahesh Chandra

Published By-
Anjuman Prakashan
942, Mutthiganj, Prayagraj, 211003
www.anjumanpublication.com
anjumanprakashan@gmail.com

Printed and bound in India.
Paperback, First published by Anjuman Prakashan in 2022
ISBN : 978-93-91531-43-0
Copyright © 2022 Mahesh Chandra
Printing rights reserved : Anjuman Prakashan 2022
Cover & Typeset by Anjuman Prakashan

Price in india: 115

समर्पण

श्रध्देय बाबा जी, माता जी पिता जी परिजन एवं मित्रो को समर्पित

अनुक्रम

कविताएँ

पर्यावरण

हाँ आज रो रहा ऋतु बसन्त
काली-काली, कूँ-कूँ करती, कोयल का गुँजन रूठ गया
मानव की ओछी हरकत से, प्राकृतिक गहना टूट गया
भट्टों की धूम्रराशि नें ही, आमों की बौंरें लूटी हैं
मानव की अक्खड़ता से ही, ऋतुओं की लडियाँ टूटी हैं
बरसात से पानी रूठ गया, गर्मी में बरसता है अनन्त॥

नारी के कंगन सरसों के, खेतों में खनकना भूल गये
मदमाते भँवरे फूलों के, गुच्छों पे विचरना भूल गये
अब कहाँ गयी वो हरियाली, सब खत्म हो गया हाय, हन्त॥

यह नहीं हमारा वह बसन्त, जिसमें बूढ़ों नें खेले हैं
मन की मदमाती तरूणाई. के अतुलनीय सुख झेले हैं
लो शीत निशा भी बीत रही, पर मन के तार नहीं झनके
पिछली पीढ़ी नें लूट लिये हैं, रस बसन्त अभिनन्दन के
पर चलो हमारी पीढ़ी का, अब यही आदि है यही अन्त॥

हर मन में उठते उछाह, का स्रोत बसन्ती चोला है
शीतल-शीतल पुरवैया से, किसका न तन-मन डोला है
बागों-बागों, फूलों-फूलों, में पागल सी फिरने वाली
अब कहाँ महादेवी बैठी, हैं कहाँ खो गये आज पन्त॥

दरिया दरिया बूँद

चाँद

जाने कब से इस गगन में

तरल गोलाकार होकर

रात को इस नभ के तल पर

खूब इठलाता हैं चाँद ॥

दिन की जलती धूप में

जब जाता हैं जल, आदमी

चाँदनी का जल छिड़क कर

उसको सहलाता हैं चाँद ॥

रात की तनहाइयों में

आँख के कोरों से बहते

आँसुओ को देख

जानें क्यों मचल जाता है चाँद ॥

टूटे हुए दिल जोडनें की

अक्ल तो इसमें नहीं

और इसमें मजनूं के जैसा हुनर चाहे न हो

चाँदनी के गम में तिल-तिल कर पिघलनें का हुनर

सीख लो सब बेहिचक ये सबको सिखलाता है चाँद ॥

दरिया दरिया बूँद

दहेज

जब गोड़ धराइम माड़ौ पर
पड़िया और साइकिल लादि लिहौ
अब चरीलादि कै साइकिल पर
जब लावेक परा तब रोवत हौ
जब आठ साल माँ चार बार
डिलिवरी करायौ बेगम कै
अब कमर देखि शिल्पा शेट्टी कै
घरे गयौ तब रोवत हौ

गाँव और शहर

मैं अपने गाँव को इक शहर बना सकता हूँ।
ऐ शहर तू फिर से गाँव बन नहीं सकता ॥

भले ही तेरे यहाँ अजनबी हो चौराहे
आज भी मेरे यहाँ डीह पूजे जाते हैं।
जितनी आदर से फेरी जाती हैं तुलसीमाला
उतनी आदर से ही तसवीह पूजे जाते हैं ॥

फागुनी रंग में रंगी हुई हँसी जोगन
गाँव में रातभर अब भी नचाई जाती हैं।
जेठ की 'धूप' में बेहाल गाँव की बहुएँ
जेठ की 'छाँया' से अब भी बचायी जाती हैं।
तेरा मैसेज मेरे घर की मुँडेर पर बैठे
काले कौंवे की काँव-काँव बन नहीं सकता।
ऐ शहर तू फिर से गाँव बन नहीं सकता ॥

सियाह सर्द शाम दूर दरख़्तों की लड़ी
हजारों लाखों जुगनुओं से चमक जाती हैं।
झींगुरों दादुरों के झाँझ और मंजीरों से
मन के अवसाद की हर परत उखड़ जाती हैं।
चाहे कितनी भी जवानी हो तेरी ए.सी. में
बूढ़े बरगद की ठण्डी छाँव बन नहीं सकता।
ऐ शहर तू फिर से गाँव बन नहीं सकता ॥

पुरुष

तन भी नहीं कुछ
मन भी नहीं कुछ
रग-रग अगर
जन का चेतन नहीं हैं॥
निज पौरूष विस्मृत
पूर्ण परावलम्ब
उसका
मन, मन नहीं है
तन, तन नहीं है॥

सलाह

सत्तर कै स्ट्रेन्थ बनत बा
एक सै सत्तर भरि डारौ
मिड-डे मील से भरौ कोठारा
उल्लू हौं ?
जब आवा भुईडोल
फुरै-फुर सनकि गयौ
भूकम्प कक्ष मा
लिहौ पसाढ़ा ?
उल्लू हौ ?
बाँटौ टाट
टेन्ट गड़ुवाओ
इसकूलेम्
पूरे गाँव कै बनौ दुलारा
उल्लू हौ ?
सारी शिक्षा व्यवस्था
तोहरेन जिम्मा है
चिन्ता कै-कै भयौ छोहारा
उल्लू हौ ?

सो ले तू

रात काफी हो गयी है
सो ले तू।
चाँदनी भी खो गयी है
सो ले तू।
जागता तू जिसके गम में रात-दिन
तानकर वो सो गई है
सो ले तू॥

(2014-15) के दौर में

नमन हैं उन बहादुर साथियों को
जिनकी छाती पर
निरंकुश राजसत्ता की दुधारी धार बाकी हैं।
नमन हैं टेट वीरों को
कि जिनके हौसलों के बल पे ही
आजाद साँसें जिस्म में
दो-चार बाकी हैं।
नमन उन माँओं, बहनों को
कि जिनके गहनें
जौहरी की भेंट चढ़ गये
नमन सरकार को करता हूँ
जिसकी मेहरबानी से
मेरे ऊपर
बनिये का दस हजार बाकी हैं।
तुम्हें वोटों के सौदों में
महारत चाहे हासिल हो
अभी अपना नफा-नुकसान का
व्यापार बाकी हैं।
हुकूमत दिल्ली की तो हाथ से
बालू सी ढह गयी
कसक बस इतनी है
प्रांत की सरकार बाकी हैं।
अभी शतरंज के थोड़े से प्यादे
हमने मारे हैं
अभी तो सत्ताधीशों की करारी हार बाकी हैं॥

महेश चन्द्र

दरिया दरिया बूँद

सुबह

वो सुबह कभी तो आयेगी
जिसकी खातिर जाने कितने
कानून बने, स्कूल खुले
उस साक्षरता की विजय पताका
जब घर-घर फहरायेगी
वो सुबह कभी तो आयेगी ॥
जब गाँव के अन्तिम बच्चे के
चेहरे पे चमक आ जायेगी
इन प्राइमरी स्कूलों में
कुछ भी न मिले फिर भी पढ़नें
जब गाँव-गाँव से निकल-निकल
टोली की टोली जायेगी
वो सुबह कभी तो आयेगी ॥
जब दिये की लौ में रात-रात भर
जाग-जाग पढ़ने वाली
अपनी मुनिया कान्वेंट की
पम्मी से टकरायेगी
वो सुबह कभी तो आयेगी ॥
जब अगले दिन पिछले दिन की
साइन ना बनायी जायेगी
वो सुबह कभी तो आयेगी
कभी तो आयेगी ॥

दरिया दरिया बूँद

रात

रात को
मत कर तिरस्कृत
कालिमा
काली घटासी
चौर्य वर्धक, पाप वर्धक
ये बढ़ाती है उदासी
कह के मत बन पाप का भागी
और सुन
इस रात का
उजला पटल
दिन की थकन से ऊबकर
दिनकर तपन से सूखकर
जब रात को
शैय्या पकड़ता है आदमी
तो नयनों में काजल लगाती हैं
निशा और चाँदनी
झींगुरों के संग
ये लोरी सुनाती माँ भी हैं
रात से ही तो सुबह की जिंदगी है

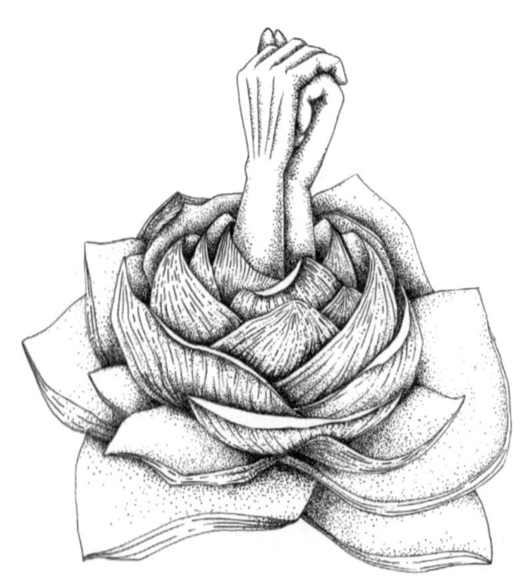

उम्मीद

छोटी-छोटी उलझनों पर
ध्यान मत दो।
बाढ़ की गंदली लहर पर
ध्यान मत दो।
समय का दरिया है
कुछ दिन सब्र रखों।
आ रहा है पीछे-पीछे
साफ पानी।
सारा गंदला जल
खिसक कर
सिंधु में बह जायेगा।
आचमन का
जल ही केवल
दरिया में रह जायेगा॥

गलवान के बलवान

जहाँ तुम्हारा सिर लगता है
वहाँ हमारा सीना है ॥

हिन्दुस्तानी झापड़ से
जब सौ चीनी मर सकते हैं।
अगर कहीं हथियार चले
तो सोचो क्या कर सकते हैं।
कोरोना पर दुनिया को
धोखा देने वाले सुन ले।
हाथ तोड़कर हाथ तुम्हारे
हाथों में दे सकते हैं।
सच्चाई का घूँट ये कड़वा
तुमको हर दिन पीना है।
जहाँ तुम्हारा सिर लगता है
वहाँ हमारा सीना है ॥
चौथाई आँखें लेकर
तुम सरहद पर आ जाते हो ॥
तकनीकी का दम्भ दिखाकर
चपटी नाक फुलाते हो।
पूरी आँख खोल भारत
को देखोगे तो पाओगे।
कीड़े खाते शहर तुम्हारे
मेरा देश नगीना है।
जहाँ तुम्हारा सिर लगता है
वहाँ हमारा सीना है ॥

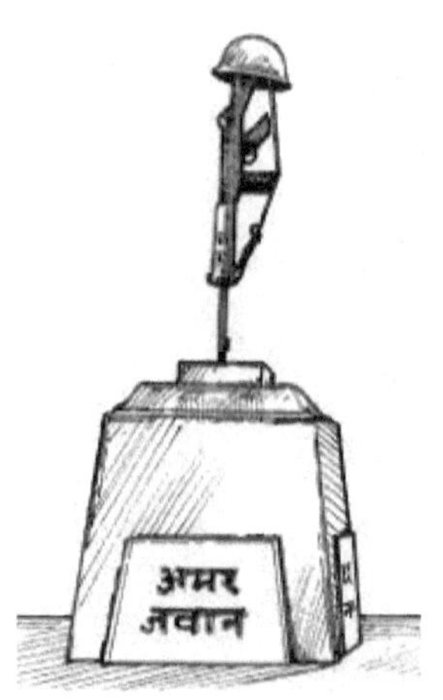
अमर
जवान

मैं भी-2

(प्रेरणा मिशन शिक्षा विभाग उ. प्र.)

वीर जवानों

तुम सरहद पर देशभक्ति

का झण्डा मत झुकने देना

राष्ट्रभक्ति से भरा हुआ

इक काम लिया है मैंने भी

आधार शिला, ध्यानाकर्षण

शिक्षण संग्रह के तीन रंग

से बना हुआ यह

एक तिरंगा थाम लिया है मैंने भी ॥

गगन भेदते बारूदों की

लपट वहाँ चलती होगी

बर्फ की आँधी अगल-बगल

दम साध निकलती होगी

हिमनद के फौव्वारे जब

तेजाब से पड़ते होंगे

पैर के तलवे फूल-फूल

दिन-रात उखड़ते होंगे

मगर यहाँ हम जीवन का

आनन्द उठाये जाते

अब जीवन को शिक्षा हित

कुर्बान किया है मैंने भी

आधार शिला, ध्यानाकर्षण

शिक्षण संग्रह के तीन रंग

से बना हुआ यह

एक तिरंगा थाम लिया है मैंने भी

महेश चन्द्र

कभी–कभी

कभी-कभी बचपन में
हम यूँ खुश हो लेते थे

कभी-कभी हम सुबह-सुबह
जल्दी उठ जाते थे
जाने क्यों मम्मी हँस देती
समझ न पाते थे
पापा भी अखबार
के पीछे से मुसकाते थे
घर के बच्चे आलस के
अवतार बुझाते थे
पर अखबार में छपा देखकर
सण्डे के फण्डे लिखा देखकर
मन के लड्डू दबा के दिल में
फिर सो लेते थे
कभी-कभी बचपन में
हम यूँ खुश हो लेते थे

कभी-कभी जब नोट बीस का
गुम हो जाता था
मॉनीटर जब हर बच्चे को
कसम खिलाता था
बच्चा-बच्चा हरिश्चन्द्र सा
ताव दिखाता था
हार के आखिर मॉनीटर
अफसोस जताता था
पर छुटटी में बैग पलटकर
रफ में चिपका नोट देख कर
खुशी के मारे
नल के किनारे
हम रो लेते थे
कभी-कभी बचपन में
हम यूँ खुश हो लेते थे

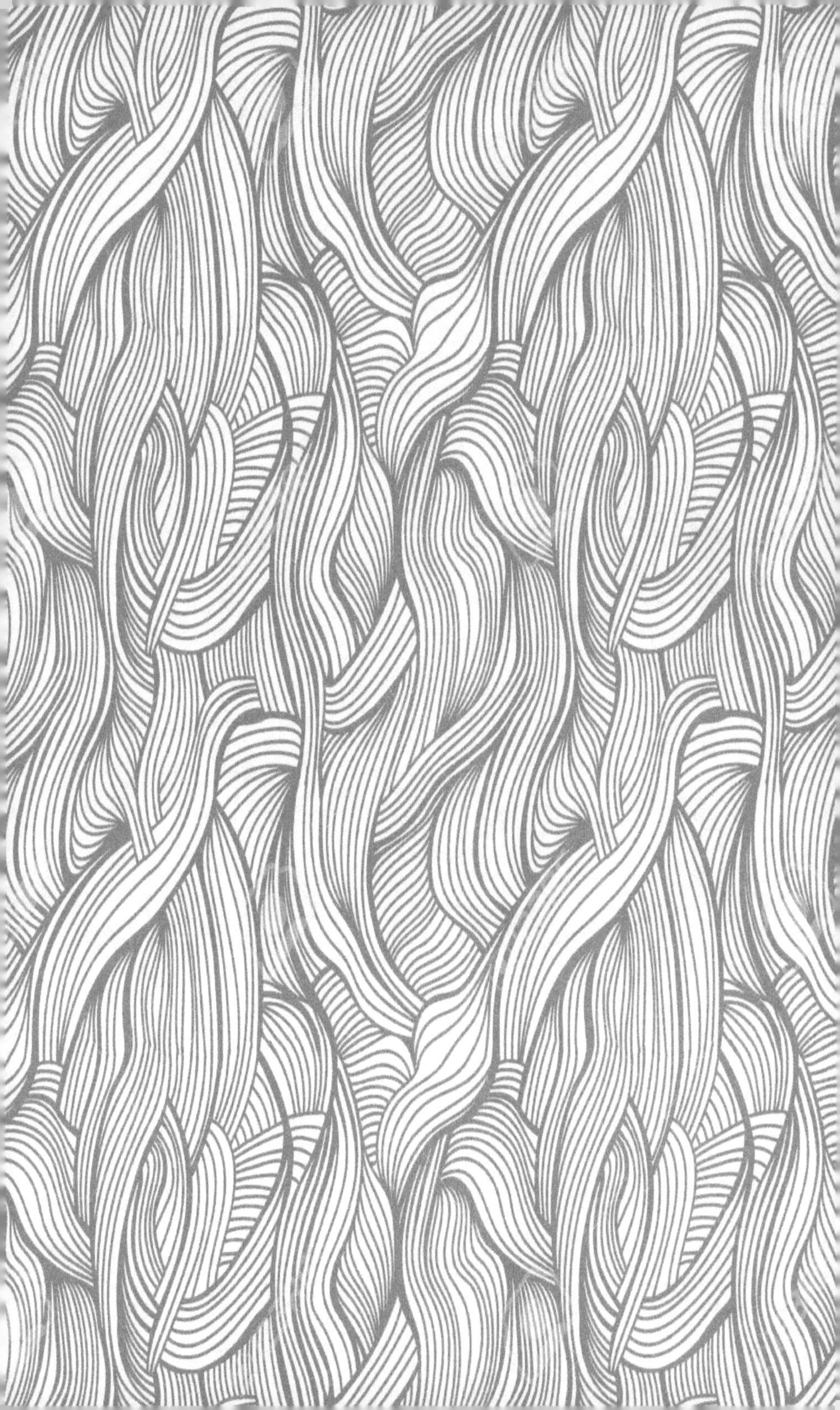

दरिया दरिया बूँद

गाँव

खरही-खरही चढ़े फील्डर बिचवा माँ परधान हैं
जेहका स्टेडियम कहत हैं ऊ हमार खरिहान है

पीपर पूजैं केरा पूजैं, पूजैं नीब निबौरी
गोबर कै कण्डा पाथैं, गोबरै कै गणेशा गौरी
जबरा खाली कूकुर थोरै है, है डीयर जाबर
चिरई चिरुंगुन घर पहिचानैं, मानैं चउआ चांघर
जवन मुडेहरिप कौआ बैठा, ऊ हमार मेहमान है
जेहका स्टेडियम कहत हैं, ऊ हमार खरिहान है

काल कलौटी बरखा मा, होली मा सरर जोगीरा
उठै तहजिया मनै मोहर्रम, फागुन ढोल मंजीरा
पिपरेक पाता गन-गन नाचै, मूंज कमर लचकावै
केरक पाता बना नगाड़ा, झिल्ली झाँझ बजावै
करै तरक्की केतनौ दुनिया, आपन देश महान है
जेहका स्टेडियम कहत हैं, ऊ हमार खरिहान है

फसल-फसल तिउहार बना, दिउहार फसल कै मालिक
चढ़ै कराही कालिक थाने, गाँव मनावै पिकनिक
क्वारेन्टाइन सूतक है, सैनिटाइजर है छाँकी
साफ-सफाई कदम-कदम पर, रोग रहे न बाकी
जेहका सब संस्कृति कहत हैं, ऊ हमार विज्ञान है
जेहका स्टेडियम कहत हैं, ऊ हमार खरिहान है

दरिया दरिया बूँद

सरस्वती वन्दना

माई मोरी निदिया से हमका जगाय देतिउ
जिभियप बइठ जातिउ शबद-शबद माँ
ज्ञान कै लूकी लगाय देतिउ
मोर जबान रेड कै बिरवा
एहका पेड बनाय देतिउ
बुद्धि हमार गाँव कै तलई
ब्रह्म कमल उपजाय देतिउ
रेगिस्तान, रात अंधियारी
ज्ञान कै टारच जलाय देतिउ

दरिया दरिया बूँद

सुबह देखेंगे

आज की रात गुजर जाये
सुबह देखेंगे

अपनी तकदीर में कब
माँ के गोद की मसनद
बाप का साया इक
हसीन ख्वाब जैसा है।

हमारे जिस्म की सिहरन की
हिफाजत में कागजों का लिबास
वे क्यों समझेंगे फकत
जिनके पास पैसा है

मिले हर वक्त की रोटी
ये जरूरी तो नहीं
पेट की भूख
यूँ ही भूख से मर जाये

सुबह देखेंगे

मेरे चेहरे पे
कोई नाम नहीं, काम नहीं
सुबह से शाम तक
हम दोनों को आराम नहीं

कोई भी नाम, कोई काम
उठा लेते हैं
यहीं सोते
इसी फुटपाथ पे खा लेते हैं

आज इस शहर में
अपना कोई वजूद नहीं
कल की उम्मीद में
सो जायें

सुबह देखेंगे

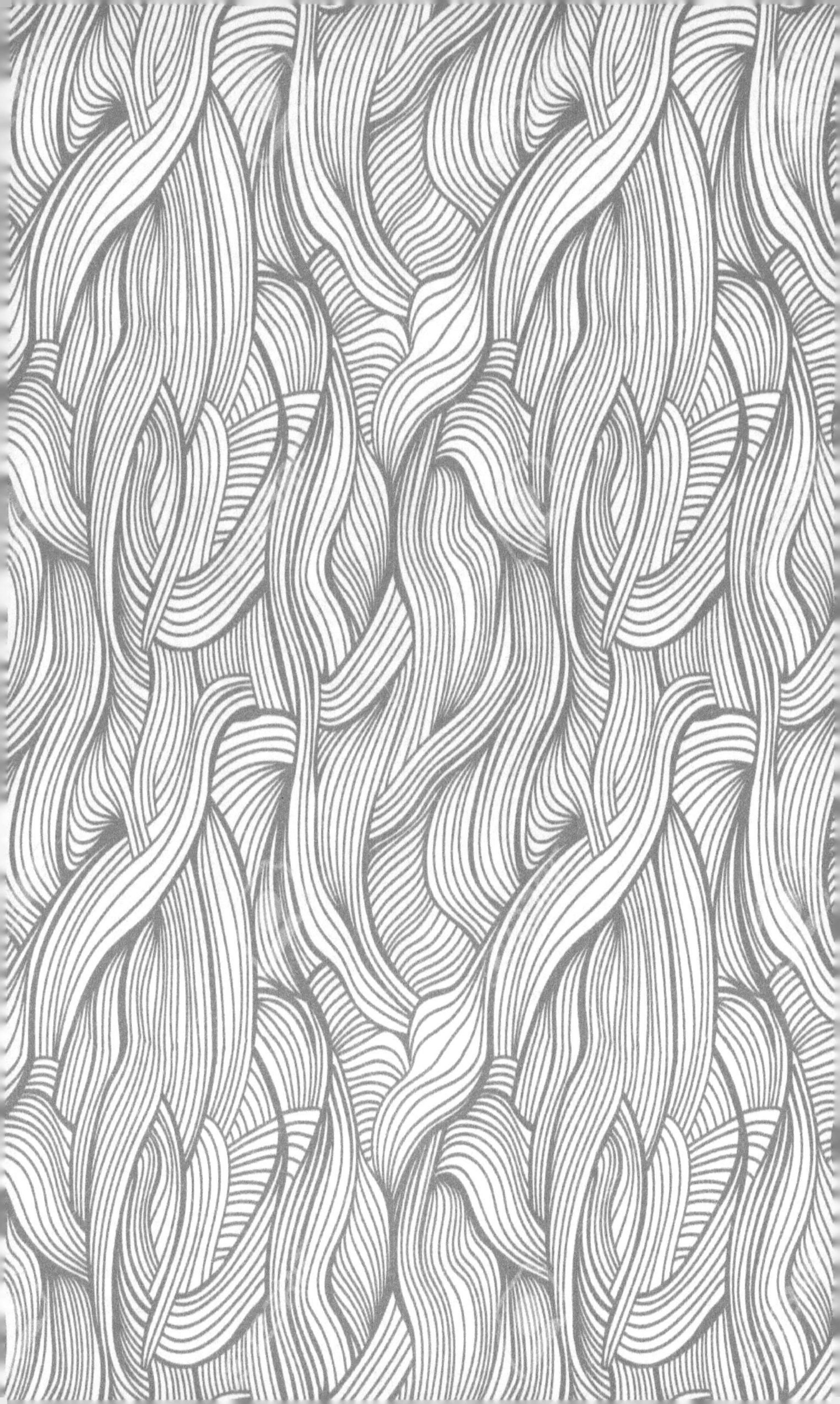

दरिया दरिया बूँद

चार जने होते

चार जने होते तो
ठीक से पढ़ाता
ठीक से पढ़ाता
तो बड़ा मजा आता

एक जना सारा दिन
कागज बनाता
कागज बनाकर
बीआरसी ले जाता
बीआरसी ले जाता
तो बड़ा मजा आता

एक जना पूरे दिन
खाना बनवाता
सुबह-सुबह मण्डी में
आलू तौलाता
गठरी उठाता
तो बड़ा मजा आता

एक जना पूरे दिन
घर पर बिताता
दादी की मैंय्यत का
बहाना बनाता
बहाना बनाता
तो बड़ा मजा आता

एक जना पूरा दिन
दाब के पढ़ाता
अगले दिन ट्रेनिंग में
खींच लिया जाता
खींच लिया जाता
तो बड़ा मजा आता

चार जने होते तो
ठीक से पढ़ाता
ठीक से पढ़ाता
तो बड़ा मजा आता

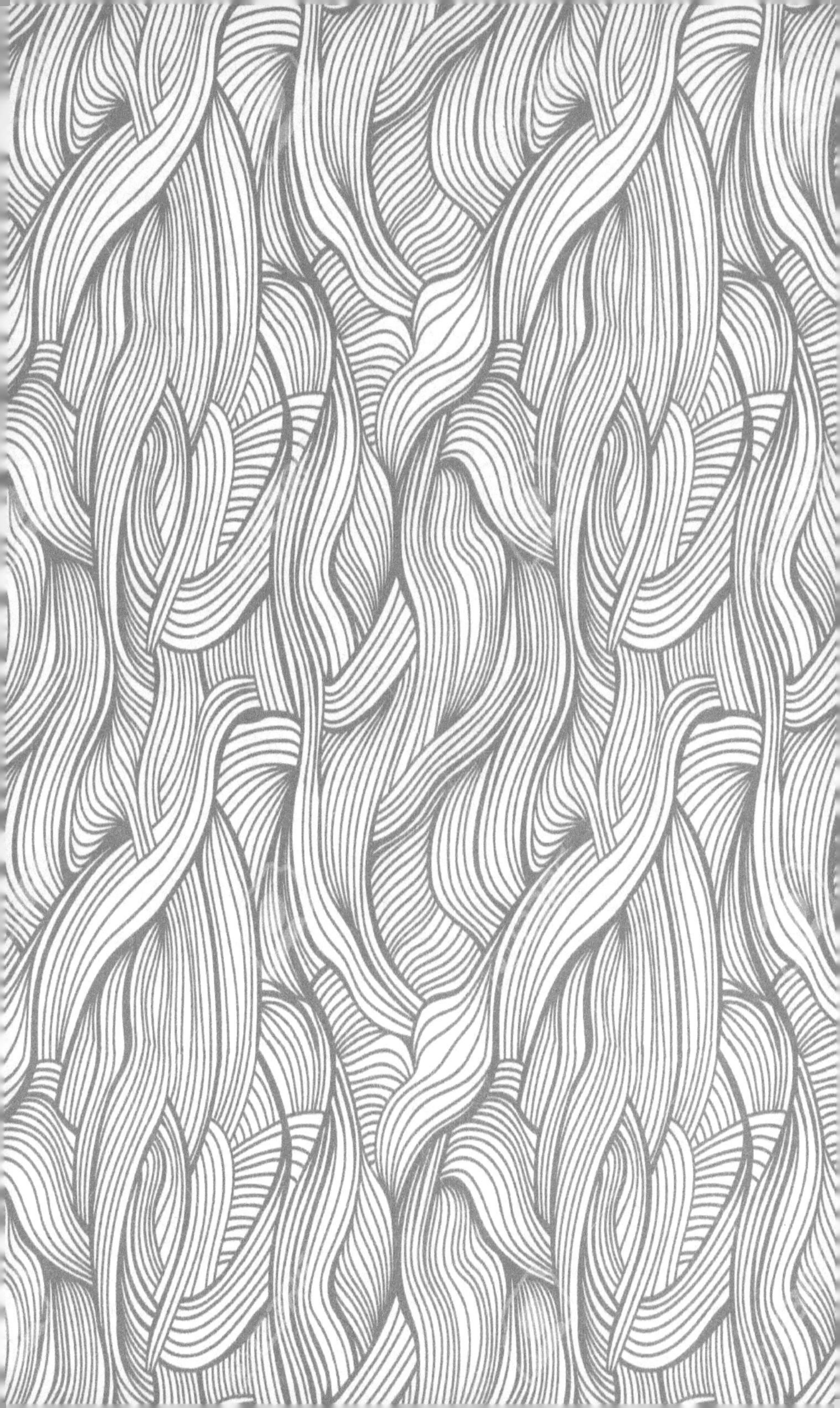

मुसाफ़िर-1

ये लम्बी डगर है
ये रस्ता कठिन है
स्वयं को सफर में
अकेला समझकर
जो रूक गया
वो मुसाफ़िर नहीं है
ये सतुआ ये भेली
ये जीवन पहेली
ये भोजन के गट्टर को
बोझा समझकर
जो झुक गया
वो मुसाफ़िर नहीं है
अन्धेरे डगर में
धुन्धले सफर में
संध्या के जलते
दिया तेल जैसा
जो बुझ गया
वो मुसाफ़िर नहीं है
ये जीवन की नैया में
लहरों से डरकर
कातिल खिवैया
जो बनके चला
वो मुसाफ़िर नहीं हैं।

दरिया दरिया बूँद

ट्रेनिंग (2015)

मिला कल श्याम तो कहने लगा
ट्रेनिंग को जाते हो
मजे हैं अब तुम्हारे
गाँव वालों से छुपाते हो
कहा मैंने बताऊँ क्या अजब मेरी कहानी है
बता के हाले दिल क्या
गाँव में इज्जत गंवानी है
महज दडबे सा कमरा है
न बिजली है न पानी है
जहाँ चालीस डिग्री पर
उबलती नौजवानी है
जिन्हें ए.सी. चला करके ही
घर पे नीन्द आती थी
उन्हीं का हाल ये है
नाक पर आँखों का पानी है
कभी चलता जो मेरे साथ
ट्रेनिंग देख लेता तू
फ्री में भेड़ पालन के
तरीके सीख लेता तू

भूख बनाम शिक्षा

वक्त का फन्दा कठिन कितना है इस संसार में
छोड़ देता वक्त कैसे लोगों को मझधार में
आज मैंनें देख ली है सब हकीकत घुमकर
बाल गणना को गया था आज मैं बाजार में
घाट दुर्जनपुर का था और लोग अच्छे थे जहाँ
काम में मशगूल अपने दिल के सच्चे थे जहाँ
इच्छा थी मेरी कि आरटीई समझाऊँगा मैं
काटती है कष्ट शिक्षा सबको बतलाऊँगा मैं
अपनी धुन में बालगणना करता जा रहा था मैं
लगे हाथों आरटीई भी बता रहा था मैं
अब सुनें वह जिसको सुनकर शर्म से मैं गड़ गया
एक महिला के स्वर मेरे होंठो पे ताले जड़ गया
बेहिचक उसने कहा स्कूल नाकारा हुए
ऐसे स्कूलों के अब बच्चे भी आवारा हुए
भेजती मैं बच्चों को हरगिज न पर मजबूर हूँ
बिन पिता के बच्चों की इस परवरिश से चूर हूँ
शिक्षा अच्छी देते हैं नहीं रहियेगा इस भूल में
मैं पढ़ाई के लिये नहीं भेजती स्कूल में
आपके स्कूल में बस एक ही सन्तोष हैं
जिन्दगी की हर जरूरत इस समय बस पोष है
मेरे बच्चे आपके स्कूल में जाते तो हैं
एक टाइम ही सही पर पेट भर खाते तो हैं
इतना कहते-कहते उसकी आँखें गीली हो गयीं

और मैं ना रूक सका राहें पनीली हो गयीं
मेरा सारा ज्ञान सारा दर्प गल के बह गया
जिन्दगी और भूख का दूक, द्वन्द्व मन में रह गया
क्या यही आजाद हिन्दुस्तान की तस्वीर हैं
भूख के पन्नों पे लिखी बच्चों की तकदीर है
नीतियों से तरक्की की नथ उतारी जायेगी
पेट के बल देश की किस्मत निखारी जायेगी
रोटी के गहने से अब शिक्षा संवारी जायेगी
शिक्षा गुणवत्ता यहाँ बेमौत मारी जायेगी
रात काफी ढल चुकी सब सोने को मजबूर हैं
मगर मेरी आँखों से अब निंद कोसों दूर है।

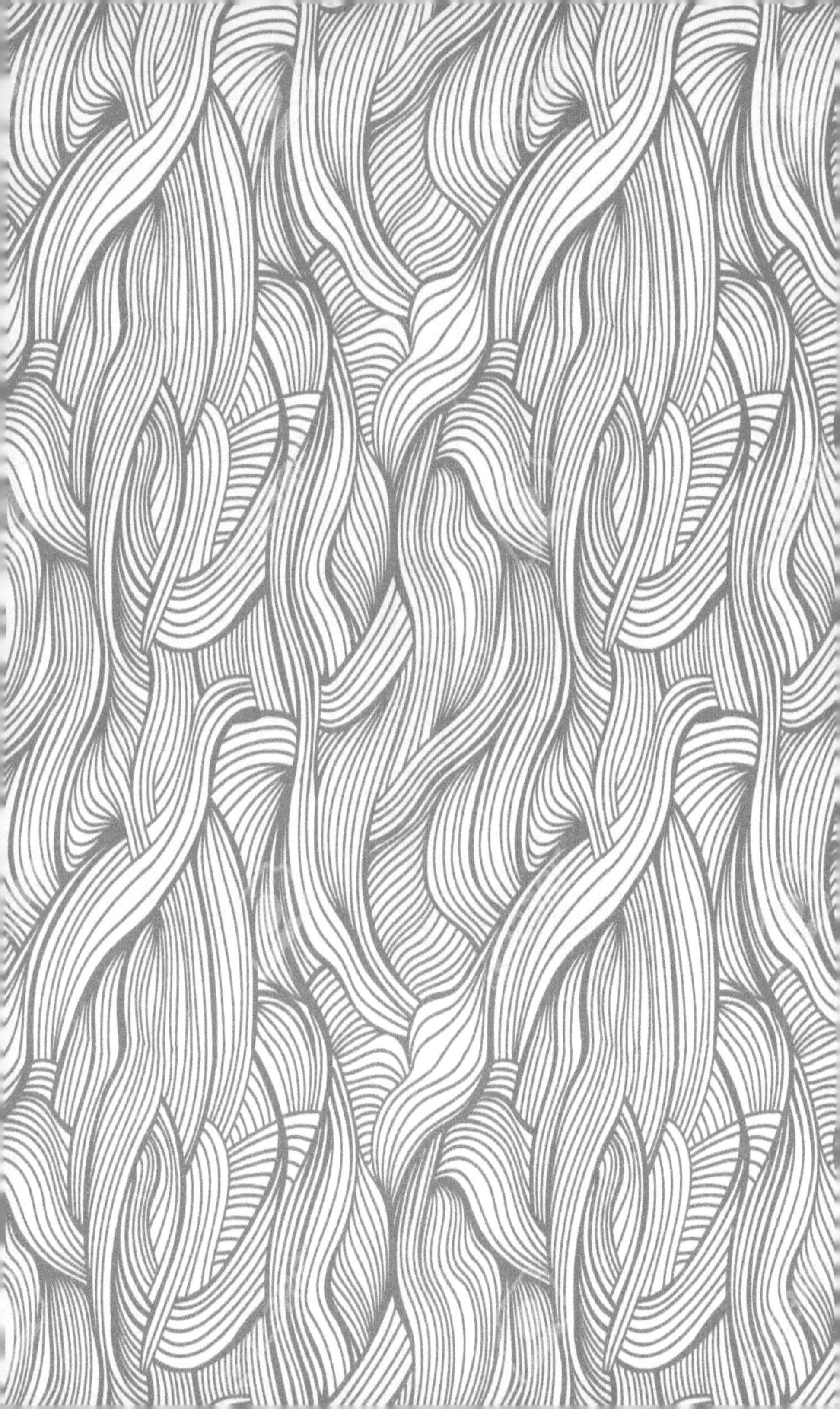

आशा

हर चेहरा मेरे सामने
जो है विशेष है
बीआरसी नहीं
पूरा उत्तर प्रदेश है
मैं इसे फूल कहूँ
माली कहूँ या चमन कहूँ
आपे में नहीं आपका अपना महेश हैं
मैं मुतमइन हूँ
अपनें साथियों को देखकर
अब शिक्षा व्यवस्था का
कट गया कलेश हैं
अब उनकी सूनी आँखे
हमें ताक रही हैं
जिनके भरोसे चल रहा
ये अपना देश हैं।

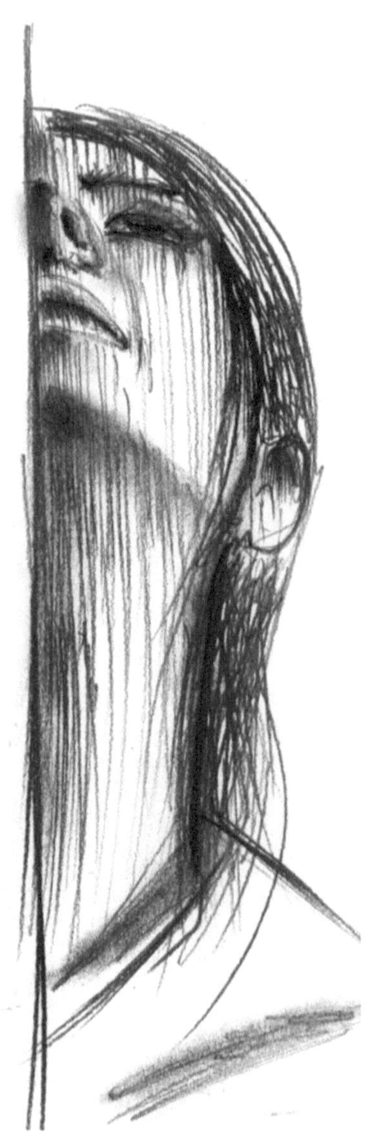

दरिया दरिया बूँद

मैं

महफिलें सज गयी
और मैं सोता रहा
सब नें जी भर पिया
रस
मैं खोता रहा
धारा शेरो सुखन की
बही
बह गयी
बैठ साहिल पे मैं
कपड़े धोता रहा।

दरिया दरिया बूँद

उलटबांसी

शान्ति से परीक्षा भवन में
हो रही थी परीक्षा।
कि अचानक
पिछले दरवाजे से।
प्रिंसिपल साहब घुसे
चिल्लाये भोंपू की तरह।
'शान्त रहो'।
थोड़ा आगे जाकर
बोले।
अब इस भवन में
नहीं बोलेगा।
'कोई भी'।
लेकिन फिर अचानक
कोई भौंका।
मैं चौंका
देखा तो प्रिंसिपल साहब आप।
कर रहे थे
जोर-जोर से वार्तालाप।

दरिया दरिया बूँद

मुसाफ़िर-2

चाँद-सूरज, रात-दिन
चलकर यही हैं कह रहे
दोष तजकर हम गुणों को
देख कैसे गह रहे
तू भी गह बनकर मुसाफ़िर
इन गुणों को आज से
हर किसी को ज्ञान के
मोती मिलें इस काज से
मोती ही तो पाता है
इक हंस सरबस छोड़कर
लक्ष्य मोती पा सकेगा
ऐ मुसाफ़िर।
दोष से मुँह मोड़कर
पार करनी है डगर
तो आजा फिर।
कंटकों से, विघ्नों से
लड़नें को तू
अब आ जा फिर
बाँध पगड़ी
चल डगर पर
बन मुसाफ़िर।

दरिया दरिया बूँद

प्रकृति और पुरुष

सूत्रधार-
आधुनिकता की अन्धी चकाचौंध में
दौड़ता आदमी है चला जा रहा
खो के पर्यावरण ईंट पत्थर के वो
एक से एक जंगल है बनवा रहा

गर यही हाल सौ साल चलता रहा
आदमी होंगे ज्यादा पेड़ होंगे कम
कह दो इंसान से रोक ले अपना हाथ
वरना जायेंगे सब जल्द मुल्के अदम

विकास-
अब नहीं पास मेरे है इतना समय
अपनी इच्छाएँ कब तक दबाऊँगा मैं
धरती के सारे साधन जुटाऊँगा मैं
सारे सुख भोग करके ही जाऊँगा मैं

प्रकृति-
लाखों वर्षों में धरती दुल्हन हैं बनी
एक झटके में विधवा बनाओ नहीं
माँग का उसके सिन्दूर पर्यावरण
अपनी शेखी में उसको मिटाओ नहीं

विकास-
एक दिन ये तो होना ही है ऐ प्रकृति
सारी वसुधा धुऐं में बदल जाऐगी
जब कयामत है निश्चित किसी एक दिन
सोच कर इतना सारा तू क्या पायेगी

प्रकृति-
मौत आनी तो तय है तो क्या आज ही
अपने बच्चों का हम सब गला घोंट दें
जिसनें जीवन दिया ऐसे पर्यावरण
को बताओ जरा कैसे हम चोंट दें

विकास-
अब तुम्हारा है मतलब मैं पैदल चलूँ
घर में अपने मैं ए.सी. चलाऊँ नहीं
जम के दस बाल्टी मैं नहाऊँ नहीं
पिज़्ज़ा, बर्गर मैं जीवन में खाऊँ नहीं

जानवर पाल दुःख का कुआँ खोद लूँ
लखनऊ शॉपिंग करने मैं जाऊँ नहीं
बैल पालूँ बनू बैल खुद, क्या करूँ
तुम को मानू तो मैं मिट ना जाऊँ कहीं

प्रकृति-
कौन कहता है प्यारे तुम पैदल चलो
हाँ मगर कम से कम खर्च ईंधन करो
घर में मेहमान आयें या बीमार हों
ए.सी. में देर तुम तब जरा ना करो
बाल्टी दो ही काफी नहाने को हैं
पिज़्ज़ा, बर्गर न तुम रोज खाया करो
जानवर देते ताजा दही, दूध, घी
करनें शॉपिंग न तुम रोज जाया करो

खा के डीजल उगलते धुआँ ट्रैक्टर
बैलों के सामने घुटने टेकेंगे जब
खेत-खलिहान, हल, बैल, गोबर का ये
प्यारा रिश्ता विकास जा के समझोगे तब

विकास-
समझ में मेरे आया जी
ये सब प्रकृति की माया जी

दोहा-
पर्यावरण की अनदेखी,
यदि करके हुआ विकास।
बहन प्रकृति कह रही,
होगा सत्यानाश॥

सूत्रधार-

सुख के चक्कर में प्रकृति को नष्ट नहीं होने देंगे
इस वसुधा की हरियाली हम कभी नहीं खोने देंगे॥

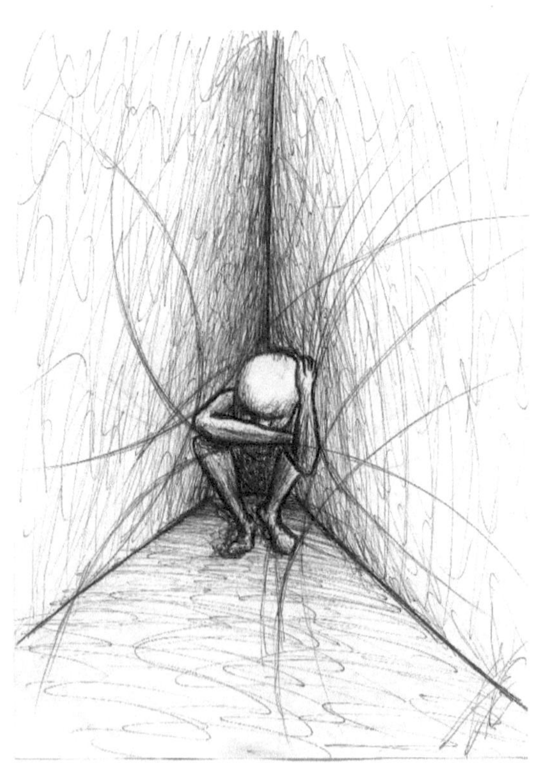

एक गुच्चू

एक गुच्चू घर के आँगन में दुबक कर
जी रहा था
घर की चौखट से उतर कर
ज्यौं चलो कि एक गुच्चू
एक गुच्चू की थी तैनाती
गली के छोंर पर तो
खेत के खलिहान में
इमली के नीचे एक गुच्चू
एक गुच्चू चौडगर के
चिटके सीने पर खुदा था
लोनचटाई भीत के
नीचे पड़ा था एक गुच्चू
एक गुच्चू हम सभी के
जेहन में बरसों रहा था
उलझनों के सारे कन्चे
लील लेता एक गुच्चू

मास्टर

अपने वेतन नुमा लोहे से
एक टुकड़ा काटकर
कील बनाता है
हिम्मत की हथौड़ी
वफादारी के फेंवीकोल से
उम्मीदों के फट्टों को
स्टॉफ के पाए पर साधता है
फिर भी
जंग खाये गेट के
उस पार से
झाँकती आँखें
अक्सर सवाल करती हैं
कि बेंच आखिर
उड़ क्यों नहीं रही
जरूर
मास्टर नें कुछ
लोचा किया हैं।

दरिया दरिया बूँद

आदतें

चन्दू चाचा रोज बहावैं
कूड़ा सगरौ नाली माँ
घर बनुवाइन नीक
मगर लोटा लै दौरैं झाली माँ
मारि हबक कै परस लियैं
फिर खाना छोड़ें थाली माँ
इहै करनिया आजु घरी वै
पहुचि गये कंगाली माँ

पर्यावरण

परदूषित पर्यावरण बचावो बबुआ,
तनी झोरि कै बिरवा लगावो बबुआ।
कारे-कारे मेघा भये बा काहे दूर हो,
मनई किहिन है कउनौ गलती जरूर हो।
बिरवा से आवत हैं मेघ मेहमनवा,
देहिया जुड़ाई बचावत हैं जनवा।

गलती सुधार करौ आवो बबुआ,
तनी झोरि कै बिरवा लगावो बबुआ।

नाही सुनात अब कोयल कै कूक हो,
होई गै है बड़ा भारी हमहूँ से चूक हो।
हू-हू कइकै चलेला हो गरम बयरिया,
लह-लह लहकत बाटै खड़ी दुपहरिया।

सूखा से धरती बचाओ बबुआ,
तनी झोरि कै बिरवा लगावो बबुआ।

धानी चुनरि धरती मैंया कै सिंगार बाय,
मनई के लाने एक बड़का उपहार बाय।
तबहूँ ते मनइन के नाही विचार बाय,
अपनेन गोड़वा पै करत कुठार बाय।

धानी चुनरि ना हटावो बबुआ,
तनी झोरि कै बिरवा लगावो बबुआ।

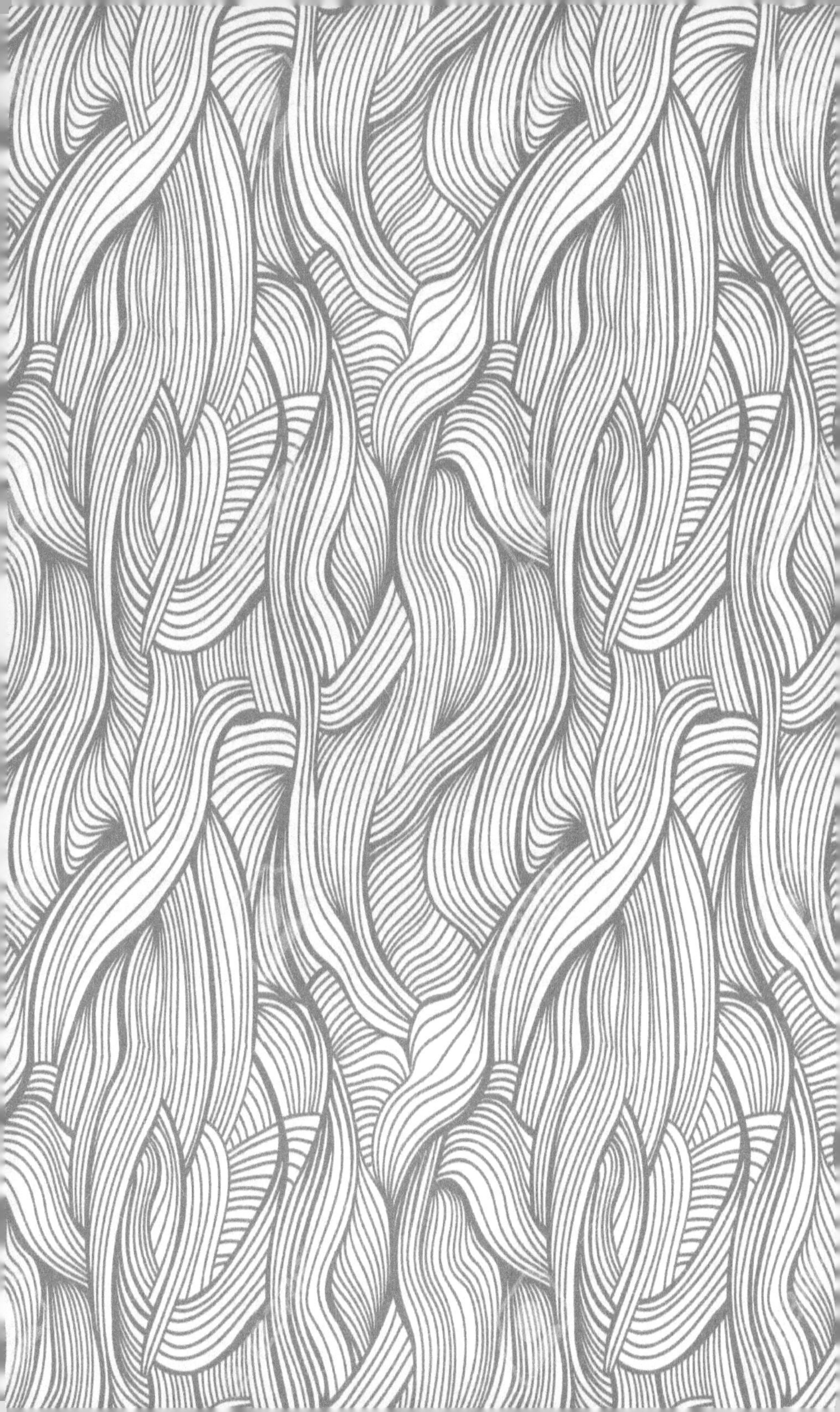

माँ

मेरी टॉफी, मेरे खोंमचे
सियाही, पेन, पेन्सिल सब
अपने अन्दाज में
इन सबका
यूँ इन्तजाम कर देती
जमाने भर की नजरों से
छिपाकर बैग में मेरे
करीने से किताबों को
हटाकर गेहूँ भर देती
मेरे जूतों को पल्लू से
रगड़ कर साफ कर देती
मेरी नादानियाँ
कुछ इस तरह से माफ कर देती
छड़ी लेकर गली में दौड़ना
मुझको पकड़ना फिर
मेरी आँखें पनीली देख
उसका मन बदल जाना
चपत हल्की सी देना
और आँचल में छिपा लेना

मैं जब भी याद करता हूँ
तो सब कुछ भूल जाता हूँ

वो इकलौती चकरचिन्नी
सी चलती रहती घर-भर में
हमारे बिस्तर से कपड़े तक पर
हक जताती थी
वो ऐसा फूँकती मन्तर
सुबह की गीली कथरी भी
सर्द सूरज से बेपरवाह
ढले तक सूख जाती थी
मुहब्बत सात टुकड़े थी पर
हर टुकड़ा मुकम्मल था
मुकम्मल एक टुकड़ा
मेरे हिस्से में भी यूँ आया
एलईडी के उजाले में
वो अपनी लैम्प वाली माँ
मैं जब भी याद करता हूँ
तो सब कुछ भूल जाता हूँ ॥

दरिया दरिया बूँद